ENCORE UN RECUEIL,

OU

NOUVEL ASSEMBLAGE

DE

BAGATELLES LITTÉRAIRES

CONTENANT

DES CHANSONS, DES FABLES

ET DES VERS DE SOCIÉTÉ.

Amusons-nous de tout.

A METZ,

IMPRIMERIE DE VERRONNAIS,

PLACE DE L'HÔTEL-DE-VILLE.

1827.

ENCORE UN RECUEIL,

OU

NOUVEL ASSEMBLAGE

DE

BAGATELLES LITTÉRAIRES

CONTENANT

DES CHANSONS, DES FABLES
ET DES VERS DE SOCIÉTÉ.

Amusons-nous de tout.

A METZ,

DE L'IMPRIMERIE DE VERRONNAIS,

PLACE DE L'HÔTEL-DE-VILLE.

1827.

CHANSONS.

UN COUPLET AVANT LE RESTE.

Air : *Avec les jeux*, etc.

Lecteur, des riens, ou peu de chose,
Imprimés sans aucun orgueil,
Des chansons, des vers, de la prose,
Remplissent ce nouveau recueil.
Courtisan des Sœurs immortelles,
Je t'offre ce que j'en obtiens :
Mes loisirs sont charmés par elles,
Puissent-ils amuser les tiens !   *bis.*

A MADEMOISELLE M.***

Air : *Prenons d'abord l'air bien méchant.*

Le jour de l'an est arrivé,
Ah! que de souhaits vont se faire.
C'est un usage conservé
Et qui ne doit pas vous déplaire ;

1 *

Oui, mais aussi combien de vœux
Qui ne sont faits que pour la forme :
Quant à moi, je vais chanter ceux
Que du fond de mon cœur je forme.

D'abord, pour le bien général,
A chaque mortel je souhaite
Ce ton franc, cet air amical,
Un bel âge d'or qu'on regrette ;
Et, sans vouloir faire pourtant
De notre siècle la satyre,
Je souhaite à chaque savant
Des Mécènes qui sachent lire.

Je souhaite la probité
A cet usurier honnête homme,
Qui, jusqu'à présent, n'a prêté
Qu'à trente pour cent chaque somme.
Je souhaite à nos gens de cour,
Un caractère incorruptible ;
Je souhaite au riche du jour,
Un bon cœur, une âme sensible.

Je souhaite au docile époux,
Aimable femme et point coquette ;
Je souhaite au mari jaloux,
Une crédulité parfaite ;
Aux amans la sincérité,
Aux vieillards beaucoup d'indulgence,

(5)

Au sexe la fidélité,
Aux ingrats la reconnaissance.

Je souhaite de tout mon cœur
Aux cafards de la tolérance,
Aux infortunés du bonheur,
Aux médecins moins d'ignorance;
De la justice aux gens de loi,
Aux coquettes la modestie,
Aux censeurs de la bonne foi,
A tous nos auteurs du génie.

Je souhaite joyeuse humeur
Au misanthrope atrabilaire,
Je souhaite de la pudeur
A cette beauté mercenaire;
A chaque Agnès également,
L'art de paraître longtemps neuve;
A ce gastronome gourmand,
Un estomac à toute épreuve.

Je me souhaite la santé,
Plus, une fortune passable,
Et surtout un fond de gaîté
Qui soit toujours inaltérable.
De vrais amis un heureux choix,
Une femme qui toujours m'aime.
Si je vois s'accomplir mes vœux,
J'aurai trouvé le bonheur suprême.

PASTORALE.

Air : *Ton cher Louis*, etc.

Charmante Églé, sur le coteau
Tu vas mener les moutons paître ;
Non loin de cet endroit champêtre
Je conduis aussi mon troupeau ;
Dans ce beau jour qui nous rassemble,   *bis.*
  Chère Églé, chère Églé,
  Ne partons qu'ensemble.   *bis.*

Non, non, maman, ne prétend pas
Qu'aucun berger seule me suive ;
Vers le bois ou bien vers la rive,
Colinet détourne tes pas.
Dans ce beau jour qui nous rassemble,   *bis.*
   Je craindrais   *bis.*
  De partir ensemble.   *bis.*

Églé, vois mieux ton intérêt ;
Si quelque loup vient te surprendre,
Au moins je saurais te défendre
Du dommage qu'il te ferait ;
Dans ce beau jour qui nous rassemble,   *bis.*
   Tout nous dit,   *bis.*
  De partir ensemble.   *bis.*

S'il est ainsi, je le veux bien,
Viens, traversons cette prairie,
Et, sur cette colline fleurie,
Que ton troupeau se joigne au mien.
Dans ce beau jour qui nous rassemble,   *bis.*
       Cher amant,   *bis.*
       Partons donc ensemble.   *bis.*

L'Amour, caché dans un bosquet,
Raconte enfin que la bergère,
Oubliant la crainte et sa mère,
Disait au tendre Colinet :
Dans ce beau jour qui nous rassemble,   *bis.*
       C'est bien doux,   *bis.*
       De partir ensemble.   *bis.*

CHANSON PASTORALE.

Air : *Avec les jeux dans le village.*

Du moment où paraît l'aurore,
Jusqu'au moment où fuit le jour,
Je répète que je t'adore,
Tout est instruit de mon amour ;
Non, jamais avec tant d'ivresse
On ne parla de ses désirs !....

Mais, Daphné, que ta crainte cesse,
Je n'y dis rien de nos plaisirs.   *bis.*

Quand, sur les bords d'une onde claire,
Je sers de guide à mon troupeau,
Plein de tes traits, l'amour m'éclaire,
Et ma houlette est mon pinceau ;
J'empreins la plaine de tes charmes,
J'y trace mes feux, mes désirs !...
Mais, Daphné, bannis tes alarmes,
Je n'y dis rien de nos plaisirs.   *bis.*

Du soleil qui brûle la plaine,
Lorsque la chaleur m'éconduit,
Toujours occupé de ma chaîne,
De mes chants le bois retentit,
Et d'après moi l'écho répète
Que toi seule fais mes désirs !....
Mais, Daphné, ma bouche est discrète,
Il ne sait rien de nos plaisirs.   *bis.*

Des bergers que l'amour engage,
Quand j'entends vanter le bonheur,
Plus fiers qu'eux tous de mon partage,
Je te nomme pour mon vainqueur ;
Le trait dont mon âme est atteinte,
Leur peint tes appas, mes désirs !...
Mais, Daphné, mais calme ta crainte,
Nul berger ne sait nos plaisirs.   *bis.*

Enfin, sous l'épine fleurie,
Quand je cède au Dieu du repos,
En songe, toujours plus chérie,
Ma flamme brave ces pavots.
Au Zéphir je redis encore
Que toi seule fais mes désirs !....
Mais, Daphné, mais l'amant de Flore
Ne sait rien de tous nos plaisirs.   *bis.*

CHANSON EN VIEUX FRANÇAIS.

Air : *O ma tendre musette.*

Entre tant douces choses
Que désire un amant,
Sur des lèvres de roses,
Qu'un baiser est charmant!
Sachant que par caprice
Ne l'aurais de Cloé,
Pris amour pour complice
De ruse qu'employai.

Viens, dis-je, pastourelle,
Prendre congé de vous;
Fortune trop cruelle
M'accable de ses coups.

Vous quitte ; mais mon âme
Vous disant cet adieu,
Ne changera de flamme,
Quoique changeant de lieu.

Quoiqu'à plorer facile
Pour avoir ce baiser,
Las ! d'adresse inutile
Aurait su m'aviser.
Si Cloé, le confesse,
Amenée à pitié,
N'eût avec ma finesse
Mis son cœur de moitié.

Me permit donc la belle,
Me souhaitant bonheur,
Faveur douce et nouvelle
D'un baiser plein d'ardeur,
Disant que bienséance
Convenait au moment :
Moi, de sa complaisance,
Jugeai bien autrement.

Rendis Cloé contente,
Ne pût me le cacher ;
Non, chaleur trốp brûlante
Vient ma bouche toucher.
Connais combien diffère,
Pour mon ravissement,

Baiser d'amour sincère,
Ou bien de compliment.

En telle circonstance
Plaisirs toujours trahit :
En pris tant par outrance,
Qu'en perdis tôt l'esprit ;
Et Cloé de sourire
Qu'aussi gaîment partais,
Dit, seriez en délire
Si vous le défendais.

PASTORALE.

Air : *Je l'ai planté, je l'ai vu naître.*

De jours heureux, ô ma Colette,
Embellissons notre destin :
Ce n'est point avec la houlette
Que doit habiter le chagrin.

Laissons aux habitans des villes
Les soucis et les noirs regrets,
Le bonheur fuit de leurs asyles
Pour nos champs et pour nos forêts.

Simples enfans de la nature,
Cédons à son instinct charmant!
Colette, c'est lui faire injure
Que d'y résister un moment.

Que le soleil, dans sa carrière,
Mêle ses feux à nos désirs,
Et que le don de sa lumière
Ne soit fait que pour nos plaisirs.

CHANSON.

Air : *Joli mois de Mai.*

Joli mois de mai
Que tu nous rends le cœur gai!
Ce fut daus ce mois charmant,
Qu'amour ouvrit mon âme
Au délicieux tourment
D'une première flamme!
    Joli mois, etc.

Ce fut dans ce bois charmant
Que je dis à Thémire :
Partage le sentiment
Que ta beauté m'inspire!
    Joli mois, etc.

Ce fut dans ce mois charmant
Que la jeune bergère
M'avoua naïvement
Que j'avais su lui plaire.
    Joli mois, etc.

Ce fut dans ce mois charmant
Que.... jamais ma mémoire
N'oubliera le doux moment
D'une tendre victoire!
    Joli mois, etc.

Ce fut dans ce mois charmant
Que de nos destinées,
De trente jours, ardemment,
Nous fîmes trente années!
    Joli mois de mai,
Que tu nous rends le cœur gai!

COUPLET ÉPIGRAMMATIQUE.

Air: *On ne s'avise jamais de tout.*

Célimène, avant sa seizième année,
De l'art de feindre ignorait les détours;
Jusqu'à ce temps, les plus tendres amours
La rendait à Saint-Fard attachée;

Rien n'égalait
L'ardeur dont elle aimait,
Mais la belle,
Moins fidèle,
Change tout-à-coup,
On la voit qui subtilise,
Et qu'elle s'avise   *bis.*
Fort bien de tout.   *bis.*

LE BUVEUR DE BON SENS.

Air : *Moi, je pense comme Grégoire.*

Raimond disait à Rondin,
Tu ne parles que de vin,
De pressoirs, vignes et treilles,
De tonneaux et de bouteilles,
Et pour toi l'état n'est rien :
Non rien ; eh bien !
Est-ce être bon citoyen,
Que de dire comme Grégoire,
J'aime mieux boire !   *bis.*

Si j'allais m'alambiquer
L'esprit à politiquer,
A raisonner de finance,
De guerre, ou d'autre science,

Lorsque je n'y comprends rien.
Eh bien! eh bien!
Pour l'état serait-ce un bien?
Non, je pense comme Grégoire,
J'aime mieux boire.   *bis.*

Que nombre gens, comme moi,
Sachent respecter la loi,
Et plutôt que d'en trop dire,
La prudence les inspire,
Pour ne bavarder sur rien.
Eh bien! eh bien!
L'état s'en trouvera bien;
Par fois il faut comme Grégoire,
N'aimer qu'à boire.   *bis.*

CHANSON.

Air: *Faut attendre avec patience.*

Des beaux jours que l'amour nous donne
Mettons à profit les instans:
Les roses dont il se couronne
Se passent avec le printemps;
En vain la raison veut prétendre
Mettre un obstacle à nos plaisirs:
Un jeune cœur, une âme tendre,
Peuvent-ils être sans désirs?   *bis.*

2 *

Pour aimer, et tout nous l'assure,
Oui, le ciel voulut nous former;
Que serait-on dans la nature,
Qu'y ferait-ou sans rien aimer?
Jamais la froide indifférence
Ne peut être un présent des Dieux:
Lorsqu'ils nous donnent l'existence,
L'attrait de jouir nous vient d'eux.   *bis.*

Dans l'enclos émaillé de Flore,
Zéphyr est prompt à caresser
Chaque bouton qui vient d'éclore
D'un seul souffle, d'un seul baiser;
Imitons son charmant délire,
Dût-il nous coûter quelques pleurs:
Ici-bas, comme le Zéphyre,
Ne voyageons que sur des fleurs.   *bis.*

PHILOSOPHIE AMOUREUSE.

Air: *Tendre amour*, etc.

Des attraits,
Des bienfaits
Du tendre enfant de Cythère,
Veux-tu, Glycère,

(17)
Te défendre à jamais?
La froide indifférence
Absorbe les beaux jours :
C'est doubler son existence
Que de la donner aux amours.

Le printemps,

Dans nos champs

Laisse de légères traces :

Les jeux, les Grâces,

N'ont que de tels instans ;

Ah ! puisqu'ils sont rapides,

Chérissons nos désirs,

Et ne choisissons de guides

Que ceux qui mènent aux plaisirs !

Cède enfin

Au destin

Qu'un Dieu charmant nous prépare :

Oui, viens, répare

Ce qu'a fait le dédain ;

Vas, jouir est sagesse :

A quoi sert la rigueur ?

Sans l'amour et son ivresse,

Qu'est-ce que le nom du bonheur ?

2 **

RÉFLEXIONS SUR L'ART D'AIMER.

AIR : *Je suis Lindor.*

Du Dieu d'amour ressentir la puissance,
Est une loi qui doit tout asservir :
Mais l'art de plaire, hélas ! est un plaisir,
Dont tout mortel n'a pas la jouissance.

Dans ses écrits l'ingénieux Ovide
Retrace bien comment il faut aimer :
Mais si l'Amant n'est pas fait pour charmer,
Ovide alors devient un mauvais guide.

Vous, qui croyez par de vains artifices
Toucher un cœur, réprimez vos désirs :
Les soins par fois conduisent aux plaisirs,
Le sentiment conduit seul aux délices.

LE RENDEZ-VOUS.

AIR : *Dans ce salon*, ou *du Poussin.*

DÉJA la nuit du haut des cieux
Sur nos toits commence à descendre :

Voici l'orme silencieux
Où ma Nicette doit se rendre.
Morphée, ah ! répands tes pavots
Et sur sa sœur et sur sa mère !
Double pour elles le repos
Que va m'immoler ma bergère.

Jule ainsi contait aux échos
Et sa flamme et son espérance,
Quand tout-à-coup, sortant d'un clos,
Nicette dans ses bras s'élance.
Un tertre s'offre à leurs plaisirs ;
Jule y sait entraîner Nicette :
Des demi-mots et des soupirs
Sont tout ce que l'écho répète.

CHANSON

A MADAME L....., QUI A LA VUE TRÈS-BASSE ET LA VOIX TRÈS-JOLIE.

AIR : *Femmes, voulez-vous éprouver ?*

JE le redis soir et matin,
Rosine est une aimable femme :
Elle a de beaux traits, un air fin,
De grands yeux bien doux et pleins d'âme.

Si Rosine est myope, hélas !
Elle n'en est pas moins gentille ;
On sait que l'Amour n'y voit pas ;
Les Grâces tiennent de famille.

Son défaut me conviendrait mieux,
J'en porte envie à cette belle ;
Avec un cœur et de bons yeux
On court trop de risques près d'elle.
Mais, Amour, quel est ton pouvoir !
Rosine a la voix douce et tendre ;
On aurait beau ne point la voir,
Il faut encore ne pas l'entendre.

LE PETIT PIED.

A MADEMOISELLE D.****

AIR : *C'est Geneviéve dont le nom.*

IL est permis à tout Amant
De chanter, suivant son penchant,
Les appas de sa Dame :
Toujours quelque chose nous plaît ;
Moi, j'ai choisi pour mon sujet
Le petit pied
Le joli pied
De celle qui m'enflamme.

Cent chemins mènent à l'amour,
Ce Dieu connaît plus d'un détour
   Pour soumettre notre âme ;
A deux beaux yeux chacun se rend,
Mais moi, je fus pris en voyant
   Le petit, etc.

Doris est la beauté du jour ;
C'est un Ange, c'est un Amour,
   C'est la plus belle femme :
Doris sans doute a mille appas ;
Mais cependant elle n'a pas
   Le petit, etc.

Dans son sérail un grand Visir,
Entre cent belles peut choisir ;
   Ah ! l'heureux Polygame !
Mais bientôt il se fixerait
Si l'une d'elles lui montrait
   Le petit, etc.

L'un meurt d'amour près d'un beau sein ;
L'autre, sur une belle main,
   De volupté se pâme :
Chacun est fou de ses amours :
Mais, pour moi, j'en reviens toujours
   Au petit, etc.

CHANSON

SUR LES RÉFORMES QUE L'EMPEREUR JOSEPH II FAISAIT DANS LES PAYS-BAS EN 1787, ET DONT LES COMMENCEMENS, A L'ÉCONOMIE PRÈS, NE DÉPLAISAIENT PAS AUX GENS SENSÉS.

AIR *du Vaudeville d'Epicure.*

Que l'on change, que l'on réforme,
Qu'on fasse vingt nouveaux édits,
Et sur le fond et sur la forme,
Pour moi, mes Amis, je m'en ris ;
Pourvu que le cœur de ma mie
Ne change pas, et qu'à la fin,
Par un excès d'économie,
On ne réforme pas le vin.

Le but du Prince, je suppose,
Est que son Peuple soit heureux ;
Je pars de ce principe, et j'ose
L'être, hélas ! le plus que je peux.
Qu'il corrige, qu'il modifie,
Qu'il change nos us, j'y souscrits ;
Je tâche de plaire à ma mie,
Et je bois avec mes Amis.

(23)

Une politique profonde,
Voudrait, dit-on, saper nos droits;
Du soin de gouverner le monde
Je me repose sur les Rois.
Pour couler doucement la vie
Je connais un secret divin ;
C'est un grain de philosophie,
Beaucoup d'amour, un peu de vin.

LES YEUX BLEUS.

A MADEMOISELLE D.***

Air : *Du haut en bas.*

Ces beaux yeux bleus,
Ce sont les jolis yeux de Flore,
Ces beaux yeux bleus,
De Zéphyre ont fixé les vœux ;
Aux Grâces on les donne encore,
Et Pétrarque adora dans Laure
Ces beaux yeux bleus.

Ces beaux yeux bleus,
En vain voudrait-on s'armer contre
Ces beaux yeux bleus,

Point de résistance avec eux :
Quelqu'intrépide qu'on se montre,
C'en est fait dès que l'on rencontre
Ces beaux yeux bleus.

Ces beaux yeux bleus !
Heureux qui sur lui les voit luire,
Ces beaux yeux bleus !
Mais cent fois encor plus heureux
Qui, dans un instant de délire,
Verrait mourir, charmante Elmire,
Ces beaux yeux bleus !

CHANSON.

Un Cavalier s'était amusé chez une Dame à lui tirer les cartes. A sa fête, la Dame imagina de lui donner un jeu de cartes pour bouquet. Elle me demanda une chanson ; je lui fis celle-ci.

AIR CONNU.

A Damis des cartes ! mais
Voilà, je vous jure,
Un bouquet fait tout exprès
Pour la conjoncture :

Car, quoiqu'on choisisse, rien
Ne sied mieux à qui dit bien
   La bonne aventure, ô gué,
   La bonne aventure.

Ah ! pour lui s'il les tirait,
   Je fais la gageure
Que tout s'y rencontrerait
   Du meilleur augure :
Son destin, dans ses amours,
Est de ne trouver toujours
   Que bonne aventure, etc.

C'est que pour plaire il a tout,
   Tout, je vous assure,
Esprit, finesse, bon goût,
   Charmante figure :
Femme qui le fixerait,
Assurément bénirait
   Sa bonne aventure, etc.

Pour lire dans l'avenir
   Sa méthode est sûre ;
Son art sait tout découvrir,
   Rien n'est chose obscure :
Mais il réussit bien mieux,
Lorsqu'il lit dans deux beaux yeux
   Sa bonne aventure, etc.

Pour moi qui rimaille ici
    Sans choix, sans mesure,
Je dois bien pour ces vers-ci
    Craindre la censure :
Mais, s'il les trouve à son gré,
A mon tour je chanterai
    La bonne aventure, etc.

L'AMOUR SORCIER.

AIR : *Jupiter un jour en fureur.*

APRÈS avoir été banquier,
Frère lai, portier, militaire, (*)
Le caméléon de Cythère
    Vient de se faire sorcier :
De son savoir chacun s'occupe ;
Pour le voir, on s'empresse, on court :
    Mais il est toujours l'Amour,
    Et chacun est sa dupe.

Dans ce déguisement nouveau,
Voyez si le fripon déroge :

(*) M. le Prince de L ... avait fait l'*Amour soldat;* M. le Gr....
l'*Amour portier,* qui a été imprimé dans l'Almanach des Muses ;
l'*Amour banquier* et l'*Amour Frère quêteur* sont connus.

Sur les yeux de qui l'interroge
  Il met d'abord son bandeau.
Ah ! dit-il, si de tes paupières
J'écarte la clarté des cieux,
    C'est que la nuit beaucoup mieux
      Convient à mes mystères.

Dans la main il lit l'avenir :
Pour l'avare il voit des richesses ;
Pour l'amant, de tendres caresses ;
    Pour le sage, du plaisir ;
Pour les vieillards, beautés cruelles ;
Pour les auteurs, minces lauriers ;
    Pour les riches financiers,
      Maîtresses infidèles.

Le ciel, à ce qu'il dit aux sots,
Se meut au gré de sa baguette ;
Il n'est point là-haut de planète
  Qu'il ne leur cite à propos.
Voit-il un jaloux qui s'avance,
Au front craintif, à l'air confus ?
    De Mars, dit-il, de Vénus
      Redoute l'influence.

Comme il enjôle, le trompeur,
Les petits-maîtres, les coquettes !
Il leur annonce des recettes
    Pour pouvoir toucher un cœur.

3*

Fais-moi, lui dit un agréable,
Plaire à l'objet qui m'a charmé.
Veux-tu, dit-il, être aimé ?
Eh ! mon cher, sois aimable.

Chez lui, belle Églé, ne vas pas
Pour savoir ta bonne aventure ;
Mieux que dans la main, je te jure,
On la lit dans tes appas.
Il faut enfin que j'en convienne,
Je verrais combler tous mes vœux
Si je pouvais dans tes yeux
Un jour lire la mienne.

LAURETTE

A MADAME C.***

AIR : *Vous m'ordonnez de la brûler.*

LAURETTE est le plus joli chien
Qui soit en Austrasie :
Eucharis en raffole ; eh bien !
Chacun a sa manie :
Laurette jappe à tout venant,
Mais ne blesse personne ;
On ne peut pas en dire autant
Des yeux de sa patrone.

Elle a la peau d'un blanc satin,
   Plus douce que l'hermine,
Le nez croqué, l'air bien mutin,
   L'œil fin, la patte fine.
La belle Eucharis, chaque soir,
   L'admet à sa toilette.
Hélas! les Dieux voudraient avoir
   Le destin de Laurette.

CHANSON

Sur un nouveau système de physique dans lequel on prétendait que le soleil n'est pas un corps chaud et lumineux, mais un corps opaque et froid, et que la lumière et la chaleur nous viennent d'un certain fluide qui s'exhale des différentes planètes, se sublime en forme d'éther en s'élevant, et se condense autour de ce grand corps.

Air : *Femmes, voulez-vous éprouver ?*

Mes amis, rien n'est si commun
Qu'un système en fait de physique;
Mais je veux vous en chanter un
Qui, par sa nouveauté, me pique.

3 **

Vous n'avez rien vu de pareil ;
Il va vous surprendre, je gage :
On vient de nous ôter le soleil
Pour nous éclairer davantage.

On exile du firmament
L'amant radieux de Clytie ;
Un fluide, un nouvel agent,
Répand la lumière et la vie :
Cet astre que nous aimions tous,
Dont nous bénissions l'influence,
Comme bien des choses chez nous,
N'est plus qu'une veine apparence.

Mais si cet éther qui paraît
S'élever d'un coup de baguette
Dans l'air, un jour, s'évaporait,
Que deviendrait notre planète ?
Nous serions comme les Lapons,
Nous aurions des nuits éternelles ;
Il faudrait aller à tâtons :
J'aime assez cela près des belles.

Ce monde est vraiment curieux ;
Chaque jour offre un nouveau rêve :
On bannit un astre des cieux,
Sur la terre un autre s'élève.

Pour moi, je le dis sans détour,
Je ne voudrais pas d'un royaume
Quand le père même du jour
N'est plus à nos yeux qu'un fantôme.

Mais que, là-haut comme ici-bas,
On change la face des choses :
Moi, je ne m'inquiète pas
De toutes ces métamorphoses ;
Je suis heureux, je suis content ;
Loin des honneurs, loin des disgrâces,
Je soupe et je chante gaîment
Entre la Raison et les Grâces.

BOUQUET

A MADAME ***.

Je voudrais, pour fêter Glycère,
Trouver un madrigal, fin comme elle, bien dit :
L'entreprise n'est pas légère ;
De l'amour n'est pas de l'esprit.
Mais pourquoi me creuser la tête ?
Ah ! disons-lui tout uniment :
Grâces, esprit et sentiment,
C'est aujourd'hui que l'on vous fête.

CHANSON

SUR LES CIRCONSTANCES DU TEMPS.

Air : *J'ai vu partout dans mes voyages.*

Ah ! que c'est une bonne chose
Qu'un peu de gaîté dans l'esprit !
On voit tout en couleur de rose,
De tout on s'amuse et l'on rit.
Il faut gaîment passer la vie,
Jouir est le point capital :
Voir partout du noir est folie ;
Le bien est à côté du mal.

Le livre de la destinée,
L'almanach de Liége à la main,
Orgon nous prédit cette année
Fort peu de blé, fort peu de vin.
Je ne crois pas à sa science ;
Les Dieux ont voilé l'avenir :
Il ne faut rien craindre d'avance,
C'est du présent qu'il faut jouir.

Là-haut le maître du tonnerre
Puise toujours dans deux tonneaux ;

Mais sa main verse sur la terre
Beaucoup plus de biens que de maux.
L'esprit rétréci se consume
Dès qu'un petit mal le poursuit :
Si par fois l'horizon s'embrume,
L'instant d'après le soleil luit.

LE CLAIR DE LUNE.

AIR : *De la Croisée.*

J'ERRAIS un soir dans le grand pré
En chantant au clair de la lune,
Quand tout-à-coup je rencontrai
La jeune et jolie Opportune.
Ah ! lui dis-je, quel doux espoir !
Je te tiens ma charmante brune.
Finis, dit-elle, on peut nous voir :
    Oh ! la maudite lune !

Pour mon bonheur, au même instant
Phœbé se couvre d'un nuage :
De mon amante qui se rend,
Vingt baisers couvrent le visage.
Je veux profiter de la nuit,
Et tenter plus loin la fortune ;

Mais déjà le nuage fuit :
Oh ! la maudite lune !

Ah ! faut-il qu'un astre jaloux,
Ce soir, lui dis-je, me poursuive !
Pour demain , vite , un rendez-vous ;
Elle me l'accorde et s'esquive.
Palpitant d'amour, je m'y rends :
Mais , les yeux battus , Opportune
M'annonce un autre contre-temps :
Oh ! la maudite lune !

CHANSON

A MADEMOISELLE DUH..., QUI S'AMUSAIT A FAIRE
DES SOULIERS.

AIR : *Jeunes amans, cueillez des fleurs.*

La Jeune Églé fait des souliers :
Cela peut-être vous étonne ?
Les Dieux ont fait tous les métiers ;
L'un est pâtre, l'autre maçonne.
Sous ses jolis doigts déliés
Sans effort l'empeigne se prête :
Mais , en travaillant pour les piés ,
Elle nous fait tourner la tête.

Ah! peut-on prendre du plaisir
A façonner une semelle!
Églé veut nous faire sentir
Que tout sied bien quand on est belle.
C'est un caprice singulier :
L'Amour, qui tout bas en murmure,
Lui dit : Laisse-là ton soulier,
Les Grâces n'ont pas de chaussure.

PORTRAIT

ADRESSÉ A UNE JOLIE FEMME.

AIR : *O vous que le besoin d'aimer.*

CHAQUE jour l'amoureux Lycas
    Répétait dès l'aurore :
Non, rien n'égale les appas
    De celle que j'adore.
Taille d'Hébé, grâces, maintien,
    Vers elle tout attire :
Un baiser d'une autre n'est rien
    Auprès de son sourire.

Elle a l'éclat et la fraîcheur
    De la rose nouvelle ;

Ses beaux yeux bleus de la candeur
  Sont le miroir fidèle :
Son sein se dérobe à nos yeux ;
  Mais l'esprit le devine,
D'après les contours gracieux
  Que son corset dessine.

Pour danser vient-on l'engager ?
  On croit voir une Grâce ;
Sur le gazon son pied léger
  Ne laisse point de trace.
Elle a la flexibilité
  Du lys qui se balance ;
Dans ses yeux on voit la gaîté ,
  Sur son front la décence.

Ainsi Lycas , toujours rêveur
  Et toujours solitaire ,
Tâchait de charmer sa langueur
  En chantant sa bergère :
J'ignore pour quelle beauté
  Son âme était émue ;
Ce que j'en sais , belle Myrté ,
  C'est qu'il vous avait vue.

CHANSON.

AIR: *De la croisée.*

PAUL, quel est ce fichu nouveau
Qu'on voit sur ta tête légère ?
De l'Amour est-ce le bandeau ?
— Mais il suffit de voir ma mère.
— Quelle est cette coiffure-là ?
Où voit-on des têtes pareilles?
— Ah! ne riez point de cela ;
   J'ai bien mal aux oreilles.

Console-toi, mon cher enfant,
Des malheurs ce n'est pas le pire :
J'éprouve ton mal bien souvent,
Et je l'endure sans mot dire.
J'entends partout de grands hâbleurs
Qui pensent juger à merveille :
Partout j'entends de beaux parleurs
   Qui m'écorchent l'oreille.

Naguère, un prestolet obscur
Fit un poëme satirique :
On dit que son style est bien dur,
Qu'il n'a pas l'oreille lyrique ;

4

Qu'il est méchant et flagorneur
Dans ce docte fruit de ses veilles :
Pour moi, je prétends que l'auteur
Ne manque pas d'oreilles.

Nicette va compter seize ans,
Pour elle le printemps commence ;
Elle semble ignorer ses sens,
On ne dirait pas qu'elle pense.
D'un air distrait et nonchalant
On la voit bayer aux corneilles ;
Mais qu'on lui parle d'un amant,
Elle ouvre les oreilles.

La petite Lise en amour
Est la complaisance en personne ;
Elle accepte à la fin du jour
Les rendez-vous qu'Alain lui donne :
Elle s'y rend à pas de loup,
Tandis que sa mère sommeille ;
Mais la surprend-t-on tout-à-coup ?
Elle baisse l'oreille.

Paul, en te crayonnant ces vers,
Je crois voir déjà la critique
Qui, guettant un mot de travers,
Les dissèque et les alambique ;

Mais, pour échapper à ses traits,
Je vois ce que tu me conseilles;
Tu me dis : Fais comme je fais,
Bouche-toi les oreilles.

PORTRAIT

A MADAME LA DUCHESSE DE F.***

Air de Plantade : *Un jour l'Amour devant sa mère.*

Quoi ! près d'elle Vénus, ma mère,
Aura trois Grâces ! dit l'Amour;
Je veux descendre sur la terre
Pour en choisir une à mon tour.
Il indique un concours célèbre;
Le sexe y vint de toutes parts;
Une beauté des bords de l'Ebre
Paraît et fixe les regards.

Sous deux arcs réguliers d'ébène
Brillent deux yeux noirs pleins de feu;
Leur éclair se soutient à peine,
L'Amour lui-même en fait l'aveu :
Sa bouche est petite et charmante;
Le bouton de rose est moins frais;
D'un simple sourire elle enchante,
L'esprit anime tous ses traits.

4*

On chante : sa main sémillante
Touche un clavier harmonieux ;
Elle sait, Euterpe brillante,
Charmer et l'oreille et les yeux.
On danse : le sistre sonore
Guide ses pas voluptueux :
C'est la légère Terpsichore
Dansant dans les fêtes des Dieux.

L'Amour, dont l'œil suivait ses traces,
S'écrie, au comble de ses vœux :
Voilà la rivale des Grâces ;
Voilà la beauté que je veux.
Mais quelle est celle que j'admire ?
Instruisez-moi, mes chers amis.
On vous nomma, charmante Elvire,
Et l'Amour vous donna le prix.

ANONVILLE.

AIR : *De prendre femme, un jour, dit-on.*

ANONVILLE est un triste lieu
Pour un amant de Melpomène ;
C'est un coteau maudit de Dieu,
Le raisin y mûrit à peine.

En vain le meilleur vigneron
Y met son meilleur vin en perce :
Personne ne le trouve bon,
Excepté l'hôte qui le verse.

Encore si, pour l'humain soulas,
Les filles, dans ce coin sauvage,
Rachetaient par quelques appas
Le mauvais vin de leur village :
Mais l'Amour fuit de ce désert,
On n'y voit que figures maigres;
Et, comme le vin qu'on vous sert,
Toutes les mines y sont aigres.

Y veut-on rimer quelques vers?
Revenant de leurs caravanes,
Les seuls arbitres de vos airs,
Ce sont, devinez qui... des ânes.
Mais en ville est-on plus savant?
Malgré tout son échafaudage,
Tel juge des vers bien souvent
Sans s'y connaître davantage.

Mais qu'entends-je? des violons?
C'est une noce, je parie :
On chante, on danse; entrons, voyons
Si la mariée est jolie.

4**

En gros bouquet, en corset bleu,
Je l'aperçois qui se goberge:
Son jupon devant lève un peu;
Du reste, elle a l'air d'une vierge.

Dans un coin, se grattant le front,
Le marié boit et rumine :
On s'apprête à danser en rond,
Chaque voisin prend sa voisine :
On voit voler les cotillons;
On court, on crie, on fait tapage;
On glisse, on se heurte : ah! sortons
Et de la noce et du village.

L'AURORE BORÉALE.

Air : *Au souffle amoureux du zéphyr.*

L'automne avançait dans son cours :
Un soir, dans un coin solitaire,
Avec l'objet de mes amours
Je folâtrais sur la fougère;
L'homme des champs, d'un air joyeux,
Déjà regagnait sa chaumine :
Hesper brillait au haut des cieux;
Mais moins que les yeux de Rosine.

Tout-à-coup le ciel enflammé,
D'un pourpre éclatant se colore ;
De feux tout l'horizon semé
Annonce une seconde aurore.
Les esprits glacés de terreur,
Rosine dans mes bras s'élance :
Son cœur se livre à la frayeur,
Le mien s'ouvrit à l'espérance.

Je l'enlace amoureusement :
Rosine cède à mon étreinte,
Hélas ! on combat faiblement
L'amour, son amant et la crainte ;
Enfin , je sus par mon ardeur
Vaincre sa pudeur virginale ;
Pour moi l'aurore du bonheur
Fut une aurore boréale.

LA VENDANGE.

Air : *Si Dorylas n'en parlait pas.*

Bacchus , c'est aujourd'hui ta fête ;
Tout est en l'air, filles, garçons :
Un pampre nouveau sur la tête,
Cent Ménades cueillent tes dons :

C'est le retour de la folie ;
On court, on rit, ou chante, on boit ;
Nos coteaux n'offrent qu'une orgie :
L'Amour sourit au plus adroit.

Je vois de loin la jeune Annette
Vendangeant en petit jupon ;
Un essaim d'amans qui la guette
Médite quelque tour fripon :
C'est une jambe qu'on épie,
C'est un panier qu'on veut piller ;
Près de vendangeuse jolie
L'Amour vient toujours grapiller.

Au gré des amans tout s'arrange :
Vermeille comme le raisin,
La jeune Colette vendange
Au même sep avec Colin.
La friponne riant sous cape
Laisse voir un sein presque nu :
Ah ! comme il mordrait à la grappe,
S'il ne craignait d'être aperçu.

Mais tout-à-coup la scène change :
Annoncé par un vert rameau,
Le char qui porte la vendange
Revient en triomphe au hameau ;

De la Ménade enluminée
Le désir hâte le retour,
Bacchus eut toute la journée,
Le soir appartient à l'Amour.

Au pressoir on se porte en foule,
La grappe s'élève en monceaux :
La poutre gémit, le vin coule,
La cuve s'emplit de ses flots.
Chacun y plonge la fougère ;
On entonne un joyeux refrain ;
Et le berger et la bergère
S'énivrent d'amour et de vin.

O vous dont l'esprit apprécie
Et nos maux et nos biens réels,
Aminte, c'est donc la folie
Qui fait le bonheur des mortels !
Ce vigneron qui rit, qui chante,
Est cent fois plus heureux que nous ;
La raison est triste et pédante,
Je veux la perdre auprès de vous.

LE VERGLAS.

Air : *De prendre femme, un jour, dit-on.*

Devant l'atelier de Lucas
Nice passe, et n'en est pas vue ;

Elle feint de faire un faux pas ;
Un cri part, elle est aperçue.
Il court, il la prend dans ses bras :
« Quoi ! vous tombiez, charmante Nice ?
— Ah ! dit-elle , c'est le verglas,
Sans y songer le pied vous glisse. »

Il l'entraîne dans son réduit,
Une humble alcove offrait sa couche :
Nice craint, veut faire du bruit,
Un baiser lui ferme la bouche.
Il la soulève dans ses bras :
Hélas ! quand le cœur est complice,
Une fille ne pèse pas,
Sans y songer le pied lui glisse.

Nice revint à la maison :
Dieux ! lui dit sa mère étonnée,
Dans quel désordre est ton jupon ?
Comme te voilà chiffonnée !
Nice répond sans s'émouvoir :
Ah ! maman, c'est un maléfice !
Tout le hameau n'est qu'un miroir,
Sans y songer le pied vous glisse.

CHANSON

SUR CE QU'ON ANNONÇAIT DANS UN JOURNAL QUE L'ON
AVAIT TROUVÉ LA LANGUE UNIVERSELLE.

Air : *Dans ce salon, ou du Poussin.*

Lisez-vous les journaux ? — Moi ? non.
— Oh ! la merveilleuse nouvelle !
Un savant de Spire a, dit-on,
Trouvé la langue universelle.
Pour deux cents écus, compte rond,
Du fond du Thibet jusqu'en Flandre
Tous les savans se parleront,
Et l'on prétend qu'ils vont s'entendre.

Damis, ce poète si noir,
Ravi de cette découverte,
Se promet bien de ne plus voir
La place autour de lui déserte.
Puisqu'à présent dans l'univers
Tout va se parler, se comprendre,
Quand il voudra lire ses vers,
Damis pourra se faire entendre.

Mais, qui triomphe de cela?
C'est Bélise, Sapho nouvelle ;
Dans sa tête elle voit déjà
Vingt savans étrangers chez elle.
Bélise n'est pas tout esprit,
On prétend qu'elle a le cœur tendre :
Son œil noir, quand elle sourit,
Aux hommes le fait bien entendre.

Bon Dieu! que ne verrons-nous pas?
Il n'est rien que l'homme ne tente.
Le bien, le mal, tout sort, hélas!
Du creux de sa tête bouillante.
Pour nous, rions de ce secret :
Ah! Corinne, pourquoi l'apprendre?
Est-ce le bonheur qu'il promet?
Nos cœurs sauront toujours s'entendre.

ROMANCE.

AIR : *Vous me fuyez.*

ADIEU! beaux jours de ma jeunésse,
Dont je fis un si doux emploi;
Adieu plaisir, adieu tendresse,
L'Amour s'enfuit bien loin de moi :

Charmant Amour, ton vain prestige
N'abuse plus mon faible cœur ;
Il ne me reste aucun vestige
Du rêve ancien de mon bonheur.

C'est à tort que je vous rappelle,
Souvenirs des instans passés ;
Ah ! votre image est infidèle,
Déjà ses traits sont effacés :
Ainsi, dans le fond du bocage,
Lorsqu'il a cessé d'être vert,
Plus de chansons, plus de ramage,
Tout se ressent du triste hiver.

Consolante métempsycose,
Viens, fais renaître mon printems ;
Qu'une prompte métamorphose
Me rende encor d'heureux momens :
Mais si Jupin, dans son caprice,
Me réserve un plus triste sort,
Sauve-moi de son injustice,
Sommeil tranquille de la mort !

LA BERGÈRE ET LE LOUP.

Air connu.

Une jeune fillette,
En filant son fuseau,
Chantait sous la coudrette
Les chansons du hameau :
Quand, à l'aspect d'un loup
Qui paraît tout-à-coup,
La pauvre bergerette
Sent expirer sa voix :
Malheur à la fillette
Qui va seulette au bois.

Dans sa frayeur extrême
La pauvrette s'enfuit,
Et n'aperçoit pas même
Un chasseur qui lui dit :
Ne crains rien pour tes jours,
Je vole à ton secours.
Du loup la bergerette
Croit entendre la voix :
Malheur à la fillette
Qui va seulette au bois.

Tremblante dans sa fuite,
Elle fait un faux pas;
Le chasseur en profite
Et la prend dans ses bras.
Grâce! monsieur le loup.
Ah! me mangerez-vous?
Ne crains rien, bergerette,
Je sais ce que je dois
A gentille fillette
Qui va seulette au bois.

Mais notre bergerette,
Oubliant son fuseau,
Et sans sa colerette
Regagne le hameau.
Lise, d'où venez-vous?
Dit la mère en courroux.
Hélas! dit la pauvrette,
Pourquoi me grondez-vous?
Maman, sous la coudrette
Je viens de voir le loup.

LA ROSE.

Air: *De la Baronne.*

Sur chaque rose
L'Amour prétend avoir des droits;

S'il en trouve plus d'une éclose,
Tour-à-tour il porte ses doigts
    Sur chaque rose.

    Boutons de rose,
Dérobez-vous à son larcin :
Dès que l'Amour de vous dispose,
Il abrége votre destin,
    Boutons de rose.

    O jeune rose !
J'aime à te voir croître et fleurir :
Un papillon sur toi se pose ;
Reçois les baisers du zéphyr,
    O jeune rose !

    Charmante rose,
Mets ce peu d'instans à profit ;
Bientôt quelle métamorphose !
Tout en un jour pour toi finit,
    Charmante rose.

    Feuille de rose
Tombe et s'envole au gré du vent ;
Qu'en reste-t-il ? bien peu de chose :
Cœurs légers, contemplez souvent
    Feuille de rose.

L'esprit de rose
Survit seul à l'aimable fleur :
De sa substance on le compose ;
Et rien n'égale, en douce odeur,
L'esprit de rose.

COUPLETS

POUR UN MARIAGE.

AIR : *Vaudeville du Maréchal.*

CÉLÉBRONS ces nouveaux Époux,
Que le plaisir soit avec nous,
Que la gaîté soit le partage
De ce jour et de ces instans ;
Et, dans l'ivresse de nos sens,
Entonnons tous avec courage :
   Tôt, tôt, tôt, battez chaud,
   Tôt, tôt, tôt, à l'ouvrage ;
Il faut travailler en ménage.

C'est l'Amour qui serre leurs nœuds,
Et l'Hymen couronne leurs feux ;
Que cette union est charmante !
Quel plaisir plus délicieux !

Qu'à jamais ils vivent heureux.
Chantons, dans cette douce attente :
  Tôt, tôt, tôt, battez chaud,
  Tôt, tôt, tôt, à l'ouvrage ;
Il faut travailler en ménage.

L'Épouse porte dans ces traits
De la vertu les doux attraits,
Le ciel ainsi que la nature
L'ont comblée de mille bienfaits ;
Tous deux ils goûteront la paix
Que produit une flamme pure.
  Tôt, tôt, tôt, battons chaud,
  Tôt, tôt, tôt, à leur âge
L'Amour donne cœur à l'ouvrage.

L'Amour a promis à l'Hymen
De les guider dans le chemin,
De leur applanir la carrière
Qui doit les conduire au bonheur.
Ce Dieu leur promet sa faveur,
Mais elle n'est que passagère.
  Tôt, tôt, tôt, battez chaud,
  Tôt, tôt, tôt, bon courage,
Profitez des droits de votre âge.

N'oublions pas en ce beau jour
Les deux Maîtres de ce séjour ;

L'Amour voltige sur leurs traces,
La Gaîté les suit en tous lieux,
Leur présence anime nos jeux,
De nos plaisirs rendons-leur grâces :
    Chantons tôt, battons chaud,
    Tôt, tôt, tôt, bon courage;
Amour, porte-leur notre hommage.

CHANSON BACHIQUE.

Air : *Frère Pierre à la cuisine.*

Le plaisir, à cette table,
Attend de joyeux refrains
Sur la liqueur admirable
Où nous noyons les chagrins :
        Au projet,
        A l'objet,
Chacun ici doit sourire,
Puisqu'ici chacun peut dire
« Je suis plein de mon sujet. »

Chers Amis, au bruit du verre,
Chassons la triste raison,

Convive un peu trop sévère
Pour l'ivresse et la chanson,
Fruit charmant,
Du moment,
Et dont, pour charmer l'oreille,
Les glouglous de la bouteille
Font tout l'accompagnement.

Si certain fou dans l'Attique,
Tout le jour, lanterne en main,
Crut, par son humeur caustique,
Éclairer le genre humain ;
Vin nouveau,
Bu sans eau,
Le soir, montrait sa folie :
Car, pour mieux sentir la lie,
Il couchait dans un tonneau.

L'ambroisie est l'assemblage
Des vins les plus précieux,
Dont l'extrait forme un breuvage
Le seul dont boivent les Dieux ;
Jus divin,
C'est en vain
Qu'on te cite avec emphase ;
Ici, quand le goût se blase,
Nous pouvons changer de vin.

AUTRE.

AIR : *De Romainville.*

CHANTONS, buvons; ce n'est qu'ici
Que la vie
Est jolie;
Chantons, buvons ; ce n'est qu'ici
Qu'on nargue le souci.

Une onde fugitive,
Voilà notre destin ;
Mais le Ciel sur la rive
Fait croître le raisin.
Chantons, buvons ; etc.

Laissons un Dieu volage
Amuser des enfans ;
On n'aime qu'au bel âge,
On boit dans tous les temps.
Chantons, buvons ; etc.

Trois valses, à Cythère,
Épuisent un danseur ;
Vider vingt fois son verre
N'est rien pour un buveur.
Chantons, buvons ; etc.

Combien d'heures chagrines
Suivent les doux ébats!
La rose a des épines,
Le pampre n'en a pas.
Chantons, buvons; etc.

Garde, fils de Latone *,
Tes neuf Sœurs, ton ruisseau;
J'ai pour muse, Érigone **,
Pour Parnasse, un caveau.
Chantons, buvons; ce n'est qu'ici
Que la vie
Est jolie;
Chantons, buvons; ce n'est qu'ici
Qu'on nargue le souci.

LE DESTIN.

AIR CONNU.

J'AI rêvé que j'étais Destin,
Que j'avais le droit de tout faire;
Je dis, consultons chaque humain,
Voyons tout ce qui peut leur plaire.

* Apollon.　　　　　** Bien aimée de Bacchus.

Rendre tous les humains heureux,
M'est très-facile ce me semble :
J'ouvre la fenêtre des cieux,
Et dis que le monde s'assemble.

Voilà le genre humain debout,
Le nez en l'air, bouche béante ;
D'inquiétude chacun boue,
L'on va, l'on vient, l'on se tourmente.
Je leur dis, puisque je peux tout,
Soyez heureux, je le commande,
Et que chacun, selon son goût,
Ici me fasse sa demande.

Que voulez-vous ? je veux la paix.
Que voulez-vous ? je veux la guerre.
Que voulez-vous ? vivre à jamais.
Que voulez-vous ? moi, qu'on m'enterre.
Soyons tous Turcs ; non, tous Chrétiens,
N'ayons tous qu'un même langage ;
Non, soyons tous égaux en bien,
Nous n'en voulons pas davantage.

Donnez-nous à tous de l'esprit ;
Non, laissez-nous dans l'ignorance ;
Cet être ne sait ce qu'il dit,
Cet autre est plein de suffisance.

A bas les arts et les talens,
Dit une troupe de rebelles.
N'ayons jamais plus de vingt ans,
S'écriait une troupe de belles.

Tuez les noirs, tuez les blancs ;
Non , laissez-les vivre pêles-mêles ;
Donnez par an quatre printems ,
Retranchez pluie , et vent et grêle.
Otez et douleur et chagrin ,
Qui sans cesse afflige notre être ;
Moi , je veux être souverain ,
Et moi je ne veux pas de maître.

Je veux voler comme l'oiseau ,
Je veux diriger le tonnerre ,
Je veux pouvoir vivre dans l'eau ,
Je veux pouvoir percer la terre.
Je veux lire dans l'avenir ,
Et du passé garder mémoire.
Du présent seul , je veux jouir ,
Et toujours aimer, rire et boire.

Ce n'est pas assez de cinq sens,
Triplez-nous chaque jouissance.
Vous régnez depuis trop long-tems ,
Cédez-nous la toute-puissance.

Alors je leur dis en courroux,
Et me croyant l'Être suprême :
Allez au diable, maîtres fous,
Tout marchera toujours de même.

CHANSON DE TABLE.

Air à faire.

Bacchus un jour, ayant rempli son verre,
Voulut chanter une ronde légère :
Or, savez-vous quel était son refrain ?
Il répétait d'une voix mâle et pleine :
>> Que chacun prenne
>> Le verre en main.

Mes chers Amis, si du Dieu de la tonne
Vous estimez que la chanson soit bonne,
Adoptez-la ; car c'était son dessein
Qu'on répétât, en faisant sa neuvaine :
>> Que chacun prenne
>> Le verre en main.

Un vieux galant à qui l'âge vient dire:
Il faut enfin, il faut qu'on se retire,
Avec Bacchus adoucit son destin :
S'il ne prend plus le cœur d'une chrétienne,

. Eh bien , qu'il prenne
Le verre en main.

Bacchus encore enfante le génie :
De lui sont nés et bons mots et saillie ;
Un grave auteur nous l'assure en latin ;
Horace dit : Pour qu'au beau l'on parvienne ,
    Il faut qu'on prenne
    Le verre en main.

Le vieux Caton , ce sage, ce grand homme ,
Qu'on écoutait comme un oracle à Rome ,
Voulait toujours que son verre fût plein ;
Il enseignait pour maxime certaine :
    Que chacun prenne .
    Le verre en main.

Homère encor, le père du Parnasse ,
Chantait les Dieux , mais remplissait sa tasse ;
Son Apollon , c'était le Dieu du vin ;
Il entonnait dans les festins d'Athène :
    Que chacun prenne
    Le verre en main.

Oui, mes amis, les sages, tant qu'ils furent,
En tout pays, dans tous les siècles , burent :
Ainsi trinquons, buvons jusqu'à demain ;
Et répétons toujours la même antienne :
    Que chacun prenne
    Le verre en main.

LA CLIGNE-MUSETTE.

Air : *A Venise, jeune fillette.*

Au village, à cligne-musette
Un essaim folâtre jouait :
   La jeune Colinette
  Veut éviter l'œil furet :
Elle sait un coin solitaire,
Des amans l'asile secret :
Elle y court, et sur la fougère
Se blottit en criant : C'est fait.

Plein d'amour, mais plein de malice,
Lucas avait suivi ses pas :
   Auprès d'elle il se glisse,
  Et la serre dans ses bras.
   On rit de son martyre :
Il attaque, il presse ; on se tait.
On ferme les yeux, on soupire ;
Lucas crie à son tour : C'est fait.

6 *

L'ADROITE BATELIÈRE,

CHANSON

TIRÉE D'UN DES CONTES DE LA REINE DE NAVARRE.

AIR : *Daignez m'épargner le reste.*

DEUX Cordeliers de Saint-Fargeau
Cajolaient une batelière
Qui les passait, dans son bateau,
A l'autre bord de la rivière ;
Le larcin succède au larcin ;
Elle ne sait auquel entendre :
Quand on rame de chaque main,
On ne peut pas trop se défendre.

Plus l'esquif s'éloigne du bord,
Plus le couple ardent la chiffonne :
Enfin, le jeu devint si fort
Qu'elle tremble pour sa personne.
Comment se tirer d'embarras ? ·
Un moine n'admet pas d'excuse :
Quand on est le plus faible, hélas !
Il faut recourir à la ruse.

Je consens à franchir le pas,
Mais point de témoin, leur dit-elle :

L'eau forme deux îles là-bas ;
J'y vais diriger ma nacelle :
Que le plus jeune de vous deux
Attende mon retour dans l'une,
Tandis qu'avec moi le plus vieux
Dans l'autre ira tenter fortune.

Aussitôt dit, aussitôt fait :
L'Amour rend les amans dociles ;
Elle débarque le cadet
Dans la première des deux îles :
Puis, de la rame fendant l'eau,
Touche à l'autre avec son confrère,
Qui dit, en sautant du bateau,
Ah ! nous voici donc à Cythère !

La batelière au même instant,
Contre un saule appuyant sa rame,
Reprend le large brusquement,
En riant de toute son âme.
Les deux moines sont furieux,
C'est une trahison énorme ;
La friponne, en se moquant d'eux,
Leur crie : attendez-moi sous l'orme.

––––––

6**

FABLES.

PLUTUS ET L'AMOUR.

Le Dieu de l'or et celui de Paphos,
Se disputaient un jour sur la prééminence;
  Vite un conseil, juge par excellence,
Leurs camarades Dieux virent que leurs propos
Ne finiraient que par l'essai de leurs puissances.
De flèches à l'instant on arma les rivaux,
Et puis, à quelques pas, pour but de leur adresse,
  On mit un cœur. « Tire, fils de Vénus.
Le premier?—Pourquoi non? » Un moment de tristesse,
Il avait peur de perdre; en effet, sur Plutus
On voit bien peu gagner le Dieu de la tendresse.
Il se place, il ajuste, enfin la flèche part;
  Contre le but, hélas! elle se brise!
Le cœur ne courut pas le plus petit hasard;
Et Plutus de sourire à son tour, il avance;
Faisant voler avec pleine assurance
  Sa flèche d'or, il transperce le but;
Dieu! quelle honte! Amour! Amour! le but...
Tel est le fruit souvent de sa mauvaise tête;
  Et le mal est que toujours il s'entête.

« Je n'en reste point là : ma revanche, Plutus ;
Je suis loin de crier ici miséricorde :
　Le premier coup favorise un Crésus,
Mais le second, par fois, la beauté me l'accorde.
　— Nous allons voir : recommence, ami ;
Puisque plusieurs affronts ont pour toi tant de charmes,
Ne nous combattons point en ce jour à demi. »
　L'œil vacillant, mouillé par quelques larmes,
　Cupidon vise et décoche son trait.
　Un petit trou qué dans le cœur il fait,
Y laisse faiblement sa pointe suspendue.
Cette ombre de victoire est aussitôt perdue,
　Car, à son tour, le Dieu de l'intérêt
　Faisant voler une flèche nouvelle,
Déboute et fait tomber celle du tendre enfant.
Revanche sur revanche, et toujours plus cruelle,
L'opulent immortel demeura triomphant.
Des célestes avis Jupin fut l'interprête ;
Du fortuné Plutus on reconnut les droits ;
Cypris même ne pnt lui refuser sa voix,
Et c'est depuis ce jour que le plaisir s'achète.

LE JARDINIER, LES CHENILLES ET LE PAPILLON.

Un jardinier, un beau matin,
Exterminait, dans son jardin,

Tout ce peuple hideux qu'on appelle chenille.

Pendant qu'il écrase et qu'il grille,

Voltigeait près de lui, sur la rose et le thym,

Un papillon issu de la même famille,

Qui lui-même est chenille, et déjà dans son sein

Portait de son engeance un innombrable essaim ;

Mais, ébloui par l'or et l'azur dont il brille,

Le jardinier sur lui n'osa porter la main.

On respecte le vice en habit de satin,

On le fuit s'il est en guenille.

CONTE.

UNE DAME DE PICARDIE ÉCRIVIT UN JOUR CES MOTS

A SON AMIE :

« Je suis lasse du célibat,

Quoiqu'il ait ses douceurs, à la fin il ennuie ;

Dès que je le pourrai, je veux changer d'état,

C'est un désir chez moi que nul autre n'égale.

Vous habitez la capitale :

On y trouve mieux que chez nous

De quoi choisir en toutes choses ;

Cherchez-moi vous-même un époux ;

Mais en me le cherchant, observez bien ces clauses :

L'homme que je souhaite unir à mon destin,
Doit être grand, bien fait, jeune, beau de figure,
Surtout sans en être plus vain :
S'énorgueillir des dons de la nature,
C'est être sot, un sot n'aura jamais ma main.
Inquiet, jaloux, ni chagrin,
Je le veux en toute aventure,
Fort aimable aujourd'hui, plus aimable demain ;
Cela suppose un caractère
Que messieurs les maris ne nous apportent guère,
Mais que j'exige dans celui
Qui, par ses qualités au-dessus du vulgaire,
Me fera prononcer le redoutable oui.
N'oublions pas, au reste, une clause importante,
Car il entre dans mes projets
Qu'il me préfère à tous autres objets :
Il faut qu'il soit d'humeur constante,
Qu'il ressente pour moi toujours les mêmes feux,
Et qu'en un mot, pour couronner mes vœux,
Il ait au moins deux mille écus de rente. »
La dame de Paris sentit vraiment le bon
Du plan de la provinciale ;
Aussi répondit-elle à cette originale :
« Oui, je ferai votre commission,
Et si, par un bonheur extrême,
Je trouve l'homme en question,
Je vous promets... de l'épouser moi-même. »

CONTE MORAL.

GUILLOT et sa femme, bons villageois, jasaient un soir avant d'aller se reposer des fatigues de leur journée. Il y avait une heure qu'un orage menaçait de fondre sur le hameau ; le tonnerre approchait de plus en plus. On frappe à la porte de la chaumière de Guillot. « Ouvrez. » Une femme proprement mise entre, tenant un enfant dans ses bras. « Ah ! de grâce, un instant d'asyle ou je meurs, et cette innocente créature ! —Volontiers : asseyez-vous, mamzelle. » A ces mots un éclair illumine la cabane, la foudre y sillonne, tombe : les paysans et l'inconnue perdent connaissance. Guillot reprend ses sens le premier, il secourt les femmes. « Et mon fils, mon enfant, où est-il ? » En poussière à ses pieds. « Ah ! Dieu ! je suis la coupable, et vous le punissez. Je n'ai plus qu'à me faire justice moi-même. — Mamzelle.... — Ne craignez rien, bonnes gens, je ne vous donnerai point un second spectacle d'horreur ; j'irai.... — Non, vous ne nous quitterez pas à présent ; vous vous calmerez ; vous nous confierez.... — Hélas ! en deux mots, voilà ma situation : fille rebelle aux ordres d'un père ; fille imprudente, victime d'une passion insensée, criminelle ! est-il étonnant que la foudre me poursuive? — Eh! bon Dieu! Guillot, c'est y possible? voilà l'histoire, à ce qu'on dit, de notre nouveau seigneur... — de...? Il se nomme? — Monsieur de Léoville. —Ciel! fuyons! J'approchais, sans savoir, des lieux où mon père habite; la vengeance céleste ne me surprend plus : fuyons. » Elle le veut en vain, une extrême faiblesse s'oppose à son courage; les bons villageois la portent expirante sur leur lit. La nuit se passe ainsi : quel parti prendre? Le seul convenable. Guillot court au château. « Monsieur de Léoville, pour affaire pressée. — Qu'y a-t-il, mon ami? — Monseigneur, le tonnerre est tombé hier dans ma chaumière, il y a laissé des effets, des suites qui sont faites pour vous intéresser. — Qu'est-ce donc, Guillot? — Vous verrez cela par vous-même, monseigneur; je ne m'y connais pas assez; mais à coup sûr cela ne peut que vous causer la plus grande surprise : ne perdez pas un seul instant. » Arrivé chez Guillot, l'inconnue était encore dans un de ces états où l'âme, à force de souffrir, ne laisse au corps ce qu'elle ne peut lui refuser d'existence qu'en l'abandonnant tout-à-fait. « Eh! bien, Guillot? — Eh! bien, monseigneur? Tenez, vous voyez bien cette poussière, c'est celle d'un jeune enfant qu'une demoiselle tenait hier à cette place, et que le tonnerre a tué entre ses bras. — Qu'est devenue la mère? — Elle va mourir, sans doute, et vous en serez peut-être la cause. — Moi? Que dis-tu? — Oui, l'œil d'un père est un coup de foudre pour une fille coupable. — Encore une fois, que me dis-tu? — Regardez. — Que vois-je? Ah! malheureuse, malheureuse Adélaïde! — Qui m'appelle? Mon père, ciel! je me meurs! — Non, rappelle tes esprits; tu as senti le poids de ta faute, mes bras te sont ouverts. » Elle n'était plus. Cette cruelle conviction fait sortir, désespéré, M. de Léoville de la chaumière : une chaise de poste passait. « Arrête, postillon, arrête! » Un jeune homme s'élance de la chaise aux pieds de M. de Léoville. « Ciel! le ravisseur de ma fille! — Un monstre qui vient vous apporter sa tête : frappez, mais croyez à mon repentir. — Je comprends : après l'avoir séduite tu l'as abandonnée, et le remords te ramène vers elle : sois-en déchiré, viens, malheureux!... vois ce lit de misère; elle y vient d'expirer accablée de sa honte et de sa douleur. — Dieu! voilà le premier arrêt de ma mort... Et mon fils? — En voici les restes; les carreaux du ciel dans les bras de sa mère même.... Grand Dieu! il vous faut une troisième victime!... la seule coupable!... » Un coup de pistolet qu'il se donne le fait tomber aux pieds de monsieur de Léoville : la cabane devenait un tombeau. On emmène le vieillard, qui, succombant à sa douleur, mourut peu de jours après, dans les bras de Guillot qu'il fit appeler pour le récompenser de son humanité, et lui dire: les horreurs dont tu as été le témoin, ont été issues à la ville, jamais le village n'en fournirait de semblables, et ta fille ne fut point venue chez moi me donner un pareil spectacle.

ELLE NE S'Y ATTENDAIT PAS,

HISTORIETTE.

DERCOURT, nouvellement arrivé dans une terre dont la mort de son père l'avait rendu possesseur, se promenait autour de son domaine. Non loin de ses appartenances une haie terminait un vaste jardin dans lequel il avait aperçu la veille uue jeune personne charmante : saus doute il cherchait à la revoir. Sur le mur d'arbrisseaux dont il s'approche pour envoyer ses regards à la découverte, un livre s'offre à lui, avec un crayon marquant l'endroit où le lecteur en était resté.. Ne voyant personne. Dercourt se hasarda à prendre le livre, il l'ouvre.... c'était un recueil de poésies : le crayon avait été employé à faire un tiret à côté de ce vers :

Oui, j'aspire à l'hymen, il ferait mon bonheur.

Tout en feuilletant pour découvrir d'autres remarques, Dercourt s'assièd au pied de la haie ; il en—

tend accourir... « Eh bien! mon livre? Il n'y est plus! — Pardonnez-moi, mademoiselle; le voici, et voilà votre crayon à l'endroit où je l'ai trouvé. » La jeune personne rougit. Un coup de fusil part. Rosalie effrayée pousse un grand cri et tombe évanouie: Dercourt franchit la haie et secoure la belle alarmée. Le bruit fait accourir. M. de Montval voit sa fille dans les bras d'un jeune homme!... Il a voulu lui faire violence, voilà l'idée que conçoit M. de Montval: il s'en explique à Dercourt qui allait lui répondre... Un homme se montre tout-à-coup, c'était un domestique de M. de Montval. « Ah! grand Dieu! ai-je blessé quelqu'un?... — C'est toi qui as tiré?... — Oui, Monsieur, après des oiseaux... — Malheureux!... Et vous, monsieur, qui êtes-vous? Comment vous trouvez-vous ici? » Dercourt raconte l'aventure. M. de Montval se saisit du livre, l'ouvre... « Oh! oh! voilà une singulière remarque! C'est vous qui l'avez faite, mademoiselle? — Mon père!... — Suivez-moi; suivez-nous, monsieur. » Arrivés au château, « Êtes-vous riche, monsieur, libre, honnête?... » Dercourt dit un oui aux deux premières questions, sa modestie répond à la dernière. « Ma fille et quinze mille francs de rente vous plairaient-ils, si je vous les donnais? Seriez-vous content de votre promenade, monsieur? — Il n'en est point, monsieur, qui eussent conduit à un but plus agréable. — Rosalie est à vous: ses

agrémens, la moitié de ma fortune, mon amitié, un
coup de fusil vous aura valu tout cela... et aura mis
vos sentimens en évidence, mademoiselle : lorsqu'une
jeune personne fait de pareilles notes, le temps est
venu de mettre ses lectures en action, et de lui donner un mari. »

LA NUREMBERGEOISE,

CONTE.

Le père de Christine était, de son vivant, un
honnête commerçant de Nuremberg. La conduite
la plus sage ne garantit pas toujours des événemens fâcheux : deux faillites le ruinèrent, il en mourut de chagrin ; sa femme ne lui survécut que de
quinze jours. Christine resta seule, sans appui,
sans ressources ; elle n'avait qu'un parti à prendre,
celui de la servitude, mais ce n'était pas du moins
dans Nuremberg qu'elle voulait s'y soumettre.

De la vente d'une partie de ses hardes, elle se
fait quelque argent et gagne Francfort. L'allemand
ne se jette pas à la tête de quelqu'un pour lui
rendre service, il ne s'engage pas d'abord, pour
agir très-froidement ensuite, son cœur est lent à
émouvoir ; mais il en est d'autant plus secourable,

7 *

et lorsqu'une fois il vous a dit : Vous m'intéressez, on peut y croire. Heureuses contrées, foyers de nos premiers aïeux ! la franchise y règne encore* ! Christine se loge dans une de ces auberges que ne choisit pas l'opulence, elle y est reçue d'un air froid, quoique soigneux. Craignant qu'on ne prit le change sur sa situation, elle en fait le récit à l'hôtesse, excellente femme, mais curieuse. « Vous êtes une honnête fille? eh bien, je vous trouverai condition ; restez ici un mois s'il le faut, et sans rien payer, jusqu'à ce que j'aie votre fait. » Huit jours après, Christine entre chez M. Arnold, ancien officier au service des Cercles du Haut-Rhin. Dans le cours de six ans, elle eut une telle conduite, qu'elle s'attira l'amitié, la considération de ses maîtres. Une fièvre épidémique ravage la ville de Francfort; M. Arnold, sa femme, sa fille en sont attaqués ; Christine leur prodigue les soins les plus tendres et les plus constans. Mad. et Mlle. Arnold succombent aux accès redoublés de la fièvre ; M. Arnold en réchappe pour déplorer leur perte. Ce n'est pas tout, un malheur en amène un autre, c'est un proverbe de tous les pays. M. Arnold avait placé le total de sa fortune chez un banquier de Francfort; une fameuse banqueroute qui se fait à Amsterdam, ruine le dépositaire de M. Arnold, qui lui-même

---

* On sait que les Français tirent leur origine de la Franconie.

perd son avoir par ce fatal événement. La vente d'un modique mobilier lui promet à peine de quoi satisfaire à quelques dettes. « Tu le vois, ma pauvre Christine, je ne puis plus te garder, je ne puis te récompenser à mon gré des bons offices que tu nous a rendus; tes gages même que depuis deux ans tu laisses accumuler... — Vous êtes malheureux, vous ne me devez rien. Je suis jeune, robuste; de l'économie dans un autre service réparera cette petite perte, et me procurera le plaisir de partager avec vous le fruit de mon travail. — Bonne fille ! non, je n'abuserai point de ton offre généreuse. Je n'ai que quarante-cinq ans, je puis rentrer dans nos troupes du Cercle ? j'irai, j'y trouverai du moins... une place de soldat. Mais avant que nous nous séparions, accepte... — Quoi Monsieur ? — bien peu de chose, un billet de loterie. Il est de celle de Hollande, et revient à neuf carolus. J'ai couru les trois classes sans sortir de la roue ; la quatrième se tire ces jours-ci : prends, Christine, prends, je le veux ; que te donnai-je ? un morceau de papier ? » Christine eut beau faire, il fallut accepter.

La liste arrive ; le billet de M. Arnold avait gagné le gros lot ; (le gros lot de la loterie de Hollande est de cent mille florins). Christine les reçoit, défalque ce qui lui est dû, et court donner le reste à son ancien maître. « Que fais-tu ? — une chose simple et juste ; ceci vous revient. — Jamais je

7 **

ne le prendrai. Si le billet n'eût rien gagné, tu perdais tout, il a porté, tout est à toi. » Christine ne voyait qu'un expédient pour finir le débat, mais la disproportion... N'importe; la délicate opiniâtreté de monsieur Arnold, sa situation, tout détermine sa proposition au risque d'être refusée; elle ne le fut point. Christine était fille d'honnêtes gens ; elle avait été la servante d'Arnold, mais elle s'était rendue digne d'être sa compagne par des sentimens qui l'égalait aux femmes les plus estimables de Franc-fort; on la connaissait, on la distinguait ; sa dernière action avait mis le comble à sa réputation; Arnold accepte sa main, sûr de n'encourir aucun blâme.

Une suite d'événemens peuvent nous conduire à braver les préjugés, les convenances ; mais il faut au moins que l'objet de notre démarche trouve une sorte de justification dans l'opinion publique.

FLORE ET LE JARDINIER,

FABLE DANS LE GENRE ALLEMAND.

ÉOLE venait de rappeler ses fils impétueux : depuis quinze jours la douce haleine des zéphirs avait fait disparaître ce tapis d'albâtre, vrai linceul de la nature : Flore visitait ses domaines; les bois, les haies, les plaines, les parterres , tout se colorait à son aspect : une enceinte spacieuse se trouve sur sa route , elle y pénétra. Son règne n'était nulle autre part dans un plus haut éclat : tout, jusqu'au superbe, mais sale marronnier, déployait les riantes livrées de la déesse des jardins ; elle en témoignait son contentement au gardien de ces lieux auquel elle s'était fait connaître. « J'aimerais bien mieux , lui répliqua-t-il, être le cultivateur de ce beau champ de blé dont la verdure naissante n'attire point vos regards ; dans quelques mois il me paierait de mes peines, ou du moins elles enrichiraient celui pour qui je travaille : mais , que nous produiront des lilas , des boules de neige, du chèvre-feuille, des tulipes, des renoncules ? Le suc d'un millier dé bosquets de roses fera-t-il autant de bien à la société qu'un seul de ces épis quand Cérès l'aura doré? Reine des fleurs , votre empire est sans doute le plus brillant ; mais le moindre petit coin de terre consacré à Proserpine vaut mieux qu'un million d'enclos semblables à celui que je soigne : malgré tout l'art que j'apporte à son établissement, ah ! j'en apprécie bien la futilité ! » Lucas n'était point poli ; mais une philosophie naturelle lui arrachait des vérités. Flore les conçut ; le quitta, en lui laissant l'honneur d'avoir réduit une divinité à ne savoir que lui répondre.

Faux biens ! telle est votre valeur ; et vous qui les possédez, tel est votre embarras, lorsqu'on vous en démontre la frivolité.

LA MODERNE SIBYLLE.

Il ne fut bruit, bien long-temps à Paris,
Que d'une fameuse *Sibylle*,
Dans son temple attirant les dames, leurs amis,
De tous les coins de cette grande ville :
Même on prétend que pour se voir admis
Au sanctuaire où prononçait l'oracle,
On rencontra par fois plus d'un obstacle.
La police en traitant de simple amusement
Le jeu plaisant de la *bonne aventure*,
Contre la dame *Lenormand*
(C'était la déité) ne prit pas de mesure ;
Sur quoi, je pense, elle agit prudemment.
Dans son intérieur la prêtresse moderne
De nos anciennes différait :
D'abord, elle avait pour caverne
Un beau salon, où le luxe éclatait :
Son air, ses traits étaient charmans, aimables,
Jusque dans les arrêts que sa bouche dictait ;
Elle savait aussi les rendre profitables
A sa *bourse* qui s'emplissait.
Au loin portant ses vues,
Elle ne travaillait qu'en grand :
Dans un congrès, dit-on, elle eut des entrevues

Avec des généraux et des gens de haut rang.
Cette rare Sibylle , ah ! gardez-vous d'en rire,
Parlant bien ., démontra qu'elle savait écrire ;
Et , sur ce dernier point , de son joli talent
  Un *livre* sert de *monument* *.
 Déterminée à voir les grandes villes ,
  Pour conquérir plus de renom....
   Suivant ses apostilles ,
  Elle prit sa direction
  En visitant, d'abord , *Bruxelles*.
Des environs déjà toutes les belles
Se consultaient sur le beau compliment,
Sur tous les frais de la grande journée
Qui réglerait , enfin , leur destinée,
  Lorsqu'un fatal événement ,
  Émané de la malveillance ,
Vint déranger les vœux de l'espérance.
Un *mandat d'amener* tout-à-coup est lancé
  Contre la charmante Sibylle :
  Ce fait à peine est annoncé
Que tout est en rumeur dans cette grande ville :
On l'accuse , dit-on, d'avoir trop abusé
  Des excès de la confiance ;
  Autrement, d'avoir profité,
  Avec une extrême impudence ,
  De l'aveugle crédulité
Pour satisfaire à sa cupidité.

---

* Pendant le congrès, elle fit imprimer un assez joli roman.

Il ne fallait rien moins que de l'adresse
  Chez la célèbre prophétesse
Pour se tirer d'un aussi mauvais pas.
Elle sut, par son art, enchanter la justice ;
  Son éloquence et ses brillans appas
    Anéantirent tout indice ;
    Et, par un *arrêt* solennel,
    Intervenu sur son *appel*,
    On vit proclamer l'*innocence*
    De la prêtresse du destin.

Déjà, depuis long-temps, le public malin
Partageait cet avis, et, dans cette croyance,
Elle était *innocente* autant que ces badauds
Qui la pressaient d'accepter leurs cadeaux.

Par un Ermite de Metz.

LE FLEUVE ET LE RUISSEAU.

Un Fleuve renommé (ce fait est de nos jours)
  Se pavanait de l'éclat de son cours ;
  Un bras posé sur son urne écumante,
De l'autre s'appuyant sur une ancre de fer,
Il s'estimait autant que le Dieu de la mer,
  Vantant partout sa puissance étonnante.
Est-il un souverain, dit-il, plus grand que moi ?
  En est-il un pour me faire la loi ;

De mes Etats la trop vaste étendue
Finira, je le crains, par fatiguer la vue:
   Quant à mes biens et mes trésors,
   Qui peut les compter sans efforts?
Des voiles, par milliers, parcourent mon empire;
Ces magasins flottans que sans cesse on admire,
     Traversant les ondes et les mers,
      Vont porter l'abondance
      Chez cent peuples divers,
Et combler tous les vœux de l'avide espérance.
Notre Fleuve en tenant cet orgueilleux discours,
   Et caressant sa barbe limoneuse,
Aperçut un Ruisseau, qui, terminant son cours,
Venait mêler son eau douce et silencieuse
     Aux flots de ce Fleuve imposant.
Ce dernier, tout-à-coup, d'un ton fort méprisant,
   Et l'œil humide de colère,
     Lui dit : Misérable Ruisseau,
     Qui mouille à peine un peu de terre,
     Sans oser porter un bateau,
     D'où te vient une telle audace?
     Qui t'a permis de pénétrer mes bords?
     Quelle est la source dont tu sors?
Ta naissance, on le voit, ne fut qu'une disgrâce;
   Sans la pitié que mon grand cœur ressent,
Je.... Le Ruisseau, d'un air attendrissant,
Répond, Seigneur, agréez mon excuse;
    Mais, si je ne m'abuse,

C'est avoir, je le crois, un peu d'utilité
Que de contribuer à la noble existence
        De votre Majesté ?
        Cette extrême impudence
    Serait digne de châtiment !
—Tout doux, beau Sire, et point d'emportement;
    Veuillez parcourir vos rivages,
    Vous verrez que, sans les ruisseaux,
    Ces immenses réservoirs d'eaux
        Qui couvrent tant de plages,
        Se réduiraient presqu'à rien;
Et que de vos États nous sommes le soutien.

Si le riche ou le grand s'appliquait cette fable,
Envers ses inférieurs il serait plus affable;
    Il se plairait à leur faire du bien,
        En songeant qu'en affaires
Petits Ruisseaux font les grandes rivières.

        Par un Ermite de Metz.

LE BARBET ET LES CHEVAUX DE FIACRE.

    Sur le siége d'une voiture
    Certain Barbet plein de bon sens
Observait deux Chevaux de mesquine encolure,
Qui, sous les coups de fouet sans cesse frémissans,

Souvent légers de nourriture,
Et toujours exposés aux injures du temps,
Pour ajouter encor à leur triste aventure,
Se meurtrissaient entr'eux et des pieds et des dents.
Mes amis, leur dit-il, quel délire est le vôtre?
N'êtes-vous pas assez malheureux l'un et l'autre?
    Dévoués à tant de fléaux,
    Supportez ceux que la nature amène,
    Et n'en créez pas de nouveaux.
    Ce qu'il disait à des Chevaux,
    Je le dis à l'espèce humaine.

LE VER LUISANT ET LE CRAPAUD.

La lune, un soir d'été, nous cachait son croissant.
    Dans un des domaines de Flore,
    Ami du calme, un ver luisant
    Promenait son brillant phosphore.
    Il s'arrête près d'un bassin.
    Un vieux crapaud au regard sombre
    Le voit, et, profitant de l'ombre,
    Jette sur lui tout son venin.
Ah! dit le ver, quelle scélératesse!
Que t'ai-je fait pour me traiter si mal?
    Rien, dit l'envieux animal:
    Tu brilles; ton éclat me blesse.

LE CHEVAL ET LE POULAIN.

LÉGER comme un des fils d'Éole,
Un coursier renommé qu'on appelait Hector,
L'hiver dernier, dans une conque d'or,
Sur le canal d'Harlem, traînait une créole.
Il glisse et se démet le pié.
A l'instant sa gloire est flétrie;
Triste, honteux, estropié,
On le ramène à l'écurie.
Un Poulain qui se trouvait là,
Cervelle sans expérience,
Lui dit : Mais conçoit-on cela?
Qui, toi broncher! ah! quelle négligence!
Moi que l'on voit toujours en l'air,
Qui galoppe toujours, qui ne tiens point en place,
Je ne bronche jamais.— Ah! dit Hector, mon cher,
On ne t'a pas encor vu courir sur la glace.

Prudes, au cœur aride, aux sentimens légers,
C'est à vous que mon vers s'adresse.
Vous nous vantez votre sagesse :
Avez-vous connu les dangers?

LA MAIN BLEUE.

CONTE.

Un juge à des experts faisait prêter serment,
   Arrive humblement à la queue
Un teinturier qui, fort modestement,
   Devant lui lève une main bleue.
   Voyez donc, quel extravagant !
Dit le juge, on n'attend cela que des coquettes ;
   Allons vite, ôtez votre gant.
   — Ah ! Monsieur, mettez vos lunettes.

LE FAUX CALCUL.

CONTE TIRÉ DES ANCIENS FABLIAUX.

Laid comme un sapajou, mais se croyant un aigle,
   Gui, le grand algébriste, prit
Femme belle de corps, mais buse pour l'esprit :
   Ses amis rirent ; c'est la règle.
Riez, Messieurs, dit-il, vous verrez nos enfans
   Réunir un double héritage :

8 *

Nous leur donnerons en partage,
Ma femme, la beauté ; moi, l'esprit, les talens.
Il arriva tout le contraire
Au grand regret de maître Gui ;
Tous ses enfans, laids comme lui,
Furent nigauds comme leur mère.

LE FOU.

CONTE IMITÉ DE PFEFFEL.

Un Fou jadis fut à la mode ;
Tout Prince en avait un qu'il payait grassement.
Depuis, on a trouvé commode
D'avoir des fous sans leur donner d'argent.
Celui d'un duc de Franconie,
Qui, je crois, se nommait Parlier,
Dans je ne sais quelle cérémonie
Se plaça d'un air familier
A la droite du chancelier.
Le magistrat était grand formaliste,
Réglait fort bien parmi les grands
Les préséances et les rangs ;
C'était de son pays le meilleur publiciste.
Il voit l'homme aux grelots, et lui dit en courroux :
« A ma droite crois-tu que je souffre des fous ?

Retire-toi franc imbécille. »
Parlier répond en souriant :
« Je ne suis pas si difficile ;
Et se glisse à gauche à l'instant. »

TROIS MOIS DE MARIAGE.

CONTE.

Au milieu de la forêt noire
Lucas se lamentait un jour ;
Il se plaignait d'Annette : Annette, à son amour
    Feignant toujours de ne pas croire,
    Son cœur serait–il donc de glace ?
Disait-il ; non jamais rien ne me fut si cher :
Pour être son époux, que faut–il que je fasse ?
Ah ! je me donnerais au grand diable d'enfer !
    Tandis que tout seul il raisonne,
    Soudain à ses yeux apparaît
Un fantôme plus noir encor que la forêt ;
    C'était le grand diable en personne.
« Quoi ! dit le pied fourchu, l'amour trouble tes sens ?
Je dispose à mon gré du cœur d'une fillette :
    Si tu veux me servir cinq ans ,
    Dans huit jours je te donne Annette.
—Va, dit Lucas , j'y consens de bon cœur,

Sous ta bannière je m'enrôle ;
On ne peut pas trop cher acheter le bonheur :
Voilà ma main, tiens-moi parole. »
Plein d'espérance il revole au hameau.
Annette n'était plus farouche ;
Son visage était doux autant qu'il était beau ;
Elle lui fait l'aveu que son amour la touche.
Enfin elle consent à couronner ses feux.
Déjà le contrat se griffonne,
On s'endimanche, on carillonne,
Ils sont époux, ils sont heureux.
Trois mois après le mariage,
Lucas revint dans la forêt :
Le diable, qui la parcourait,
Se trouve encor sur son passage ;
Et là, le tenant en arrêt :
« Parlons, dit-il, un peu d'affaire.
Te souvient-il de nos engagemens ?
Tu te soumis à me servir cinq ans ;
Le bail n'est pas trop long, j'espère.
Tu te rappelles qu'à ce prix
Tu reçus de ma main l'épouse la plus tendre.
—Ah ! dit Lucas, je t'en servirai dix
Si tu consens à la reprendre. »

VERS.

A M.elle MARS.

Mars a brillé, dès son aurore ;
Chacun l'admire, à son déclin :
Oui, chez Mars tout séduit encore ;
Quels tons naïfs ! quel œil malin !
De jour en jour le Tems efface
Les traits mignons, l'air innocent ;
Mais un peu d'art met à la place
Caprice, esprit, gaîté, talent.
Avec tant de moyens de plaire,
Au milieu des jeux et des ris,
Mars-Ninon saura toujours faire
Quelques amans, beaucoup d'amis.

ÉPIGRAMME.

Dorylas nous lisait ses poëmes divers.
Damis, auditeur bénévole,

Écoutait madrigaux , épîtres , petits vers,
  Sans proférer une parole.
L'auteur me dit tout bas : C'est un bêta , je crois,
  Rien ne l'émeut , rien ne le touche ;
Il est là comme un terme , il n'ouvre pas la bouche.
  — Pardon , lui dis-je , il a bâillé dix fois.

TRAIT DE DÉLICATESSE.

On voit souvent briller chez l'avocat
Les grands talens, l'esprit et la sagesse ;
Mais c'est surtout par la délicatesse
  Que l'*ordre* acquit un grand éclat.
Citons un trait , bien digne de mémoire,
  Extrait des pages de l'histoire.
  Au règne de *Louis-le-Grand* ,
  Florissait dans la capitale
  L'avocat *Alexis Normand ;*
Connu par son mérite et sa pure morale.
  Un beau jour, un de ses clients
  Vient se présenter à sa porte ,
  Muni d'une somme assez forte :
    (Au moins *vingt mille francs*).
  C'est à Normand qu'il s'en rapporte
Pour les placer, selon sa volonté ,

Ce légiste plein de bonté
Indique une personne
Qu'il présumait solide et bonne ;
Mais, peu de jours après, on assure, on répand
Que, par l'effet d'une perte subite,
Le débiteur a fait faillite.
De ce fatal événement,
Pour son avis, Normand se crut garant.
Par son testament il ordonne
Que l'on rende à cette personne
Pareille somme en bon argent.

Par un Ermite de Metz.

BON MOT.

LE seigneur De Créquy, un certain jour, plaidait
Contre un quidam, se disant gentilhomme
Depuis un siècle ; il réclamait,
Au nom de son aïeul, une assez forte somme.
L'avocat défendeur, homme instruit et malin,
En feuilletant les pièces de l'affaire,
Découvrit un vieux titre, écrit en bon latin,
Démontrant que le père
Du réclamant n'était qu'un *tapissier,*
Le défenseur, en montrant ce papier

Au tribunal, lors de l'audience,
Dit : Messieurs, cette différence
N'est rien : quand mon client livrait force combats,
Notre adversaire, habitant de *Liège*,
Parcourait tous les Pays-Bas :
Il y fit, dit-on, plus d'un *siège*.

Par un Ermite de Metz.

LES SAISONS.

DANS quatre stances je vais peindre
Les charmes des quatre Saisons.
Dès que l'*Hiver* s'apprête à ceindre
Son front de givre et de glaçons,
Le coin du feu sert de retraite :
L'on y jase, on y fait des vers ;
Si des plaisirs vifs on souhaite,
On a les bals et les concerts.

Du *Printemps* la riante image
Vient enflammer tous les désirs ;
L'arbre est paré de son feuillage ;
Les fleurs appellent les zéphyrs ;
Dans les cœurs une vive flamme
Électrise la volupté ;

A la ville, aux champs on proclame
Le doux pouvoir de la beauté.

L'*Été*, quelle magnificence
La nature étale à nos yeux !
Du char d'Apollon la présence
Embellit la terre et les cieux :
On voit Cérès dans les campagnes
Y dorer les riches moissons.... ;
Et Bacchus, du haut des montagnes,
Verser son jus dans nos vallons.

L'éclat des trésors de l'*Automne*
Ternit ceux des autres Saisons ;
La main féconde de Pomone
Répand ses plus précieux dons :
Les feux, alors, de l'atmosphère,
Sont aussi bienfaisans que doux ;
Le froid est sain, mais pas sévère ;
Les Autens n'ont plus de courroux.

Par un Ermite de Metz.

UNE VÉRITÉ.

Dorval interrogeant Berville sur son âge,
Il répond qu'il l'ignorait.

— Sur un si grave objet,

Comment tenir un tel langage ?

— Compter son âge est temps perdu.

Je compte mon argent, mes biens, ce qui m'est dû ;

Mes gens et mes chevaux, tout ce qui me rapporte ;

Quant à mon âge, que m'importe ?

Chacun, certes, garde le sien,

On ne songe jamais à voler pareil bien.

Par un Ermite de Metz.

BON MOT D'UNE CÉLÈBRE ACTRICE.

Un Commandeur, de haute extraction,

Cachait son goût pour le jeu, pour les femmes,

Sous le manteau de la dévotion ;

Étant un jour dans un cercle de dames

Où l'on jouait de très-gros jeux,

Tout en se flattant d'être heureux,

Il n'en sortit qu'avec beaucoup de perte.

Le lendemain, marchant d'un pas alerte,

Il eut recours à la bourse, au crédit

D'une voisine affable et bel esprit.

En l'obligeant, la dame un peu le raille,

Lui dit : Encor deux coups pareils à ceux d'hier,

Et vous ressemblerez au *bon-chrétien* d'hiver,

Qui ne mûrit que sur la *paille*.

Par un Ermite de Metz.

FINE RÉPARTIE.

Le comte de Sainte-Foy s'était pris de querelle
Avec certain Abbé, connu par ses écrits,
    Et surtout par plus d'un libelle ;
Les mots et les propos enflammant les esprits,
Le Comte furieux veut tirer son épée ;
Quand l'Abbé, de sang-froid, sans crainte du péril,
Lui dit: Monsieur le Comte, ici point d'équipée,
Vous devez le savoir ; *mon rabat a le fil.* (*)

Par un Ermite de Metz.

IMITATION EN VERS

D'UNE LETTRE ÉCRITE EN LATIN

SUR LE BONHEUR.

Cher Martial, le vœu de votre cœur
Est de savoir comment, en cette vie,
On peut jouir du plus parfait bonheur ?
Je vais tâcher de combler votre envie.

(*) Cet Abbé avait donné preuve de courage dans plusieurs affaires.

9

Si vous voulez passer pour être heureux,
Ayez, d'abord, un certain héritage
Acquis, non pas au prix de votre ouvrage,
Mais par les dons de parens généreux.
D'épis dorés que vos guérets fourmillent,
Dans vos foyers que de grands feux pétillent.
Gardez-vous bien d'intenter un procès,
Redoutez-les, quoique sûr d'un succès.
Recherchez peu les honneurs de la ville;
Ce n'est qu'aux champs qu'on vit libre et tranquille.
Dans tous les tems évitez les excès,
Sur vous le mal aura très-peu d'accès.
Vous imposez aux cris de l'insolence,
Par le sang-froid, le calme et la prudence :
Chez vos égaux, choisissez vos amis,
Si vous voulez les voir toujours unis.
Que le convive, assis à votre table,
Y soit à l'aise, en toute liberté;
En consacrant le soir à la gaîté,
Songez surtout à le rendre agréable
Par le bon ton, et la sobriété!
Quand de l'esprit l'état n'est point paisible,
Un long sommeil est moins sain que nuisible.
Soumettez-vous, en tout, aux lois du sort,
Sans la chercher, ne craignez pas la mort.

Par un Ermite de Metz.

ÉPITRE

A MADAME LA GÉNÉRALE DE LA C.***,

En lui rendant les œuvres de M. de Boufflers qu'elle m'avait prêtées.

GRACE à vous, aimable Eliante,
J'ai relu ce gentil Boufflers
Qui fait si joliment des vers
Et dont la prose est si coulante.
Ah! que son Aline est charmante!
Quels traits heureux! quels tours aisés!
Sa manière est neuve et piquante :
Partout son naturel m'enchante ;
Il conte... comme vous lisez.

Dans ce morceau plein de génie
Il sait plaire, il sait émouvoir :
Il nous fait adroitement voir
Que tout ici-bas est folie,
Et que, dans le cours de la vie,
Ce qu'il nous importe d'avoir
C'est femme d'esprit pour amie.

Quoique je sois fort satisfait
De l'auteur, de sa touche fine,

Je vois pourtant avec regret
Qu'il ne nous fait pas le portrait
De son incomparable Aline.
Il faut donc qu'on se l'imagine.
Pour moi (je le dis en secret),
A cette infante de Golconde,
Dans mon imagination
Que d'un électrique rayon
L'exemple d'une barde féconde,
Je donne d'abord des yeux bleus,
Le front ouvert, la gorge ronde,
De belles dents, de beaux cheveux,
Une main à charmer les dieux,
Et le plus joli bras du monde.
Je lui donne encore de l'esprit :
Non l'esprit de ses précieuses,
De ces petites raisonneuses
Qui blâment tout ce que l'on dit,
Et qui, faisant les connaisseuses,
Dès qu'on rime un léger écrit,
Relèvent avec complaisance
Un vers dont le son, la cadence,
Ne sont pas exacts à leur sens,
Tandis que leur intelligence
A peine fait la différence
D'un poème et de leurs romans ;
Non l'esprit de ces agréables,
De ces parleurs infatiguables

Qui, dans leur galimatias,
En dépit du bon sens qu'ils bravent,
Disent toujours tout ce qu'ils savent
Et tout ce qu'ils ne savent pas,
Et qui, voulant à tout le monde
Montrer leur science profonde,
Puisent dans les derniers journaux
L'historiette qu'ils débitent
Et les anecdotes qu'ils citent
Avec leurs prétendus bons mots :
Mais l'esprit fin, l'esprit aimable,
Qui, riant de la gravité
Et du ton sottement capable
D'un pédant à l'air apprêté,
Badine avec légèreté,
Et, dans son entretien, allie
Et la maxime et la saillie,
Et la raison, et la gaîté.

Mais, Éliante, je m'égare :
Je sens trop, hélas ! que je prends
Pour verve un caprice bizarre,
Et que, m'élevant comme Icare,
Sa chute, que je me prépare,
Va faire rire à mes dépens.
Pour vous offrir un grain d'encens
Il faut avoir le talent rare
De l'écrivain que je vous rends.

9 **

PENSÉES.

L'usurier est de tous les hommes celui qui voit avec le moins de regret couler ses jours; pourvu que son argent se multiplie, peu lui importe que la somme de ses momens diminue.

Donnez une encyclopédie à un amant et à un avare; l'un cherchera le mot amour, l'autre le mot argent.

Il est des gens qui lisent comme ces ouvriers qui travaillent à leurs pièces; ils vont machinalement le plus promptement qu'il leur est possible.

Un confesseur auquel on revient toujours conter ses folies, c'est son oreiller.

La pièce d'écriture qu'une femme déteste le plus, c'est son baptistaire.

Il est tout plein de gens qui ne savent pas quel est leur véritable caractère.

Dans le malheur, n'allez pas consulter un homme heureux, rarement il trouvera du remède à vos peines.

Le premier de nos amis, c'est le sang-froid : que de bons conseils il a le temps de nous donner.

La sincérité est le cachet de l'amitié.

La susceptibilité est le salpêtre de l'amour-propre.

Le regret est l'éclair de la raison.

L'apathie est l'interrègne de l'existence.

Voulez-vous savoir si vous êtes aimé? au moment d'un départ, n'embrassez pas, mais mettez la main sur le cœur d'une femme, il vous dira oui ou non.

La chose la plus délicieuse en amour c'est un raccommodement.

Le comble de la prudence est de ne point parler quand on a trop à dire.

L'impudence et le musc produisent un effet assez semblable dans la société, ils font fuir ceux qui ne les aiment pas.

Demandez plutôt à emprunter à une connaissance de huit jours qu'à un ami de dix ans.

Un mauvais cœur est celui qui se charge toujours le plus volontiers d'annoncer le premier une mauvaise nouvelle.

Un procédé sans délicatesse, est une fleur sans parfum.

Il y a un milieu entre la sensibilité et la faiblesse; les pères et les amans ne savent point faire cette distinction.

Malgré tous les ressorts de l'amour-propre, nous ne pouvons intérieurement nous dissimuler que tel vaut mieux que nous.

Il serait à souhaiter que les bons humains fussent comme les bons melons dont la graine reproduit la même espèce.

TABLE DES MATIÈRES.

FIN DE LA TABLE.